W9-DHT-978

♡ Eva ve un fantasma ♡

¡Lee todas las aventuras del Diario de una Lechuza!

DIARIO
DE UNA
LECHUZA

♡ Eva ve un fantasma ♡

Rebecca
Elliott

BRANCHES™
SCHOLASTIC INC.

A Toby, mi cazafantasmas. —R.E.

Un especial agradecimiento a Eva Montgomery.

Originally published as *Owl Diaries #2: Eva Sees a Ghost*

Translated by J.P. Lombana

ISBN 978-1-338-08800-7

10 9 8 7 6 5 4 3   16 17 18 19 20

Printed in the U.S.A.   113

First Spanish printing 2016

Book design by Marissa Asuncion

♥ Contenido ♥

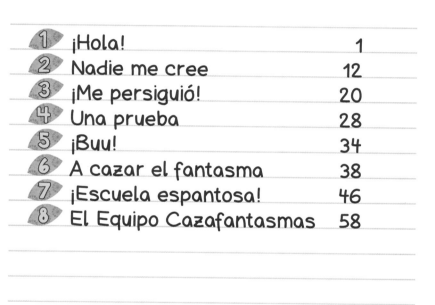

1

♡ ¡Hola! ♡

Domingo

Hola, Diario:
   Soy yo... ¡Eva Alarcón! ¿Me extrañaste? ¡A que sí!

<u>Adoro</u>:

Dibujar

Los estampados

Soñar despierta

La palabra <u>ciruela</u>

Los sombreros raros

CUESTIONARIO
1. ¿Cómo te llamas?
2. ¿Cuál es tu color favorito?
3. ¿Cuál es tu comida favorita?
4. ¿Cuánto mides?
5. ¿Cuán rápido vuelas?

Los cuestionarios

Mis amigas

¡Estar superemocionada!

No adoro:

La voz horrible de mi
hermano Javier

A Susana Clavijo
("Odiosa Odiález")

El color gris

Lavarme las plumas

Tener miedo

Las ardillas

Los sándwiches de oruga de mamá

Sentirme sola

5

Esta es mi familia:

Papá

Mamá

Bebé Mo

Javier

Yo

¡Y este es mi murciélago mascota, Gastón!

¡Es tan lindo!

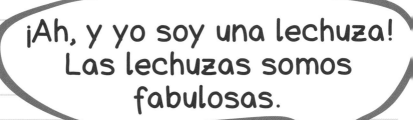

Podemos volar.

Dormimos de día.

¡Estamos despiertas de noche!

Y vivimos en los árboles.

Vivo en la Casa del Árbol 11 de la avenida Pinoverde, en Arbolópolis.

Mi MEJOR amiga es Lucía Pico. Ella vive en el árbol vecino al mío.

¡Muchas veces me quedo a dormir en su casa! La próxima vez será el domingo, o sea, ¡en una semana! ¡Hurra!

Lucía tiene una lagartija de mascota que se llama Rex. ¡Gastón y Rex también son excelentes amigos!

Lucía y yo estudiamos en la Primaria Enramada. Esta es una foto del salón:

Srta. Plumita

Zacarías María Lily

Carlos

mi salón

Susana

Jacobo

Lucía

Yo

Jorge Zara

Ahora salgo para la escuela. ¡Hablamos mañana, Diario!

2

♡ Nadie me cree ♡

La Srta. Plumita nos leyó un cuento de miedo.

Era un día oscuro y lluvioso...

¡Todos estábamos temblando cuando la Srta. Plumita terminó de leer!

Pero Lucía y yo estábamos TAN
emocionadas por dormir en SU CASA
que ese tonto cuento no nos asustó.
(Bueno, tal vez un poquito).

Durante el almuerzo, planeamos lo
que íbamos a hacer.

Cosas para hacer en la casa
de Lucía:

- Hornear
pastelitos de
lombriz

- Ponernos cuentas
de colores en las plumas

- Dibujar gatos con
sombreros

- Maquillar a
nuestras mascotas

- Quedarnos despiertas
para merendar de día

Volando de vuelta a casa solo podía pensar en ir a dormir donde Lucía. Pero mientras volaba con Lucía, Carlos, Susana y Zacarías, ¡algo sucedió! ¡VI UN FANTASMA! ¡Una mancha blanca pasó sobre nosotros!

Cuando los otros miraron, el fantasma se había ido.

Todos se rieron.

¡Buen chiste, Eva!

¡No, de veras! ¡De veras vi un fantasma!

¡Ja ja! ¡Muy chistosa!

Entonces, Susana dijo algo no muy lindo.

Basta ya, Eva. Lo inventaste. ¡Todo el mundo sabe que los fantasmas no existen!

¡Por eso le puse a Susana el apodo de "Odiosa Odiález"! Ella es MUY odiosa.

El fantasma ERA de verdad. ¡No lo inventé! (Esto no es como la última vez que no hice la tarea de matemáticas porque dije que era alérgica al número dos. Eso sí lo inventé).

Me molestó que nadie me creyera.

Entonces, Lucía me susurró algo.

Yo te creo, Eva.

Ella es la mejor amiga de todo el LUCHIVERSO.

Cuando llegué a casa, le conté a Javier sobre el fantasma. Se rió.

¿Qué dijo, buu o uuu? Si no dijo buu ni uuu, no es un fantasma de verdad.

Él es un cabeza de ardilla. Pero quizás tenga razón. El fantasma no dijo buu. Ni uuu.

Tal vez el cuento de miedo de la Srta. Plumita hizo que mi imaginación volara.

¡Pero de verdad vi algo, Diario! Así que tengo que probarles a todos que sí hay un fantasma en Arbolópolis.

♡ ¡Me persiguió! ♡

Martes

Hola, Diario:

¡Esta noche volví a ver el fantasma! Esta vez, estaba sola cerca del Viejo Roble cuando oí una rama <u>quebrarse</u>.

¡<u>De la nada</u>, salió una criatura blanca, silenciosa y misteriosa!

Voló por los árboles. ¡Pasó junto a mí!

De repente, ¡oí un estallido de rayos y truenos!

Bajé volando al suelo y luego subí casi hasta las estrellas. ¡Y aún así me perseguía!

Creo que el fantasma quería comerme. (Anoche comí insectos y frutas deliciosas. Así que le habría gustado mi sabor).

Me sumergí en un pantano para esconderme. Esperé un rato.

Luego, volé a casa tan rápido como me lo permitieron mis alas empantanadas.

¡Ahora <u>SÉ</u> que no estoy inventando nada! Ese fantasma NO vive en mi imaginación. Es REAL.

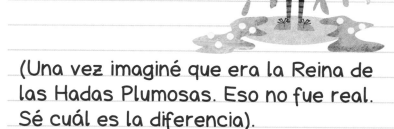

(Una vez imaginé que era la Reina de las Hadas Plumosas. Eso no fue real. Sé cuál es la diferencia).

Puse a Gastón a
hacer batiguardia.

Voy a darme un baño. Luego voy a
llamar a mis amigos y vecinos. Les
preguntaré si han visto algo extraño en
el bosque. No puedo ser la <u>única</u> que
haya visto el fantasma.

Adoro los cuestionarios. Así que
le daré a cada lechuza una lista de
preguntas.

Esto es lo que hice:

CUESTIONARIO

1. ¿Cómo te llamas? _____

2. ¿Cuán inteligente eres?
   ☐genial ☐inteligente ☐promedio ☐ardilla

3. ¿Dónde vives?
   ☐suelo del bosque ☐pantano ☐tronco
   ☐nido ☐establo

4. ¿Has VISTO algo extraño o tenebroso en el bosque (además de mi hermano Javier)?
   _____

5. ¿Has OÍDO algo extraño o tenebroso en el bosque (aparte de los gases de Javier)? _____
   _____
   _____

6. ¿Crees en fantasmas?
   ☐sí ☐no ☐quizás

Te contaré cómo sale todo, Diario. Ha sido una larga noche y voy a acostarme. Hasta mañana.

♡ Una prueba ♡

Miércoles

Hola, Diario:

Les di el cuestionario a todas las lechuzas que encontré. ¡Un total de treinta y cinco! Luego, Lucía y yo los recolectamos.

Casi todas las respuestas son como las de Javier:

CUESTIONARIO

1. ¿Cómo te llamas? ___Javier___

2. ¿Cuán inteligente eres?
   ☒genial ☐inteligente ☐promedio ☐ardilla
   Creo que soy un genio. Tú crees que soy una ardilla.

3. ¿Dónde vives?
   ☐suelo del bosque ☐pantano ☒tronco
   ☐nido ☐establo   En un tronco, en el cuarto al
   lado del tuyo, ¿recuerdas?

4. ¿Has VISTO algo extraño o tenebroso en el bosque (además de mi hermano Javier)?
   ___¡Oye! Pero no.___

5. ¿Has OÍDO algo extraño o tenebroso en el bosque (aparte de los gases de Javier)? ___¡Oye otra vez! Pero no. No he oído
   nada extraño. El bosque es muy ruidoso, sobre
   todo con todas las lechuzas construyendo esas
   casas elegantes en los árboles.___

6. ¿Crees en fantasmas?
   ☐sí ☒no ☐quizás
   Pero creo que un día los ninjas-monos-robots
   van a controlar el mundo.

Bueno, así que la mayoría de las lechuzas no vio ni oyó nada extraño. ¡Pero tres lechuzas SÍ!

Doña Silvina dijo que oyó un <u>silbido</u> que venía de muy arriba, ¡sobre los árboles! (Eso es más alto de lo que la mayoría puede volar. ¡DEBE DE SER EL FANTASMA!)

El Sr. Tuitido dijo que encontró una pluma blanca afuera de su casa. ¡Creo que el fantasma se COMIÓ algo y eso fue lo único que quedó! (No puede ser alguien que yo conozca porque no conozco a nadie de plumas blancas).

Jacobo dijo que oyó un <u>buu</u>. Luego dijo que quizás había sido un <u>muu</u> de vaca. Jacobo me cae bien. Pero es un poco cabeza de ardilla.

Esta información es valiosa. Pero no es suficiente para probar que el fantasma es real.

¡AY! Acabo de tener una idea **ALA-FABULOSA!** Llamé a Lucía para contarle.

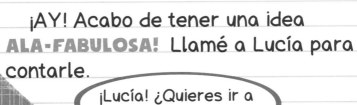

¡Lucía! ¿Quieres ir a buscar el fantasma mañana?

Eso suena espantoso, Eva. ¡Pero me apunto!

¡Qué bien! Volaremos al Viejo Roble después de la escuela. Ahí fue donde lo vi el otro día.

¡Sí! Y yo llevaré mi cámara para sacarle una foto. ¡Así todos podrán verlo!

¿Qué tal si llevamos algo de comer también?

¡Por supuesto!

Tengo que descansar. ¡Mañana necesitaré mucha energía para nuestra BÚSQUEDA DEL FANTASMA!

♡ ¡Buu! ♡

¡Ay, Diario!

Hoy NO fue una buena noche en la escuela.

Estaba imaginando que era una famosa cazadora de fantasmas.

La Srta. Plumita entró en la clase.
Ella tiene una voz muy FUERTE.

Cuando **ULULÓ**, ¡me caí de la silla!

¡Hola, chicos!

Me dio mucha vergüenza. Todos se
rieron. Susana me llamó lechuza miedosa.

Después, durante el almuerzo, estaba comiendo mi **LOMBRIZONI CON QUESO** cuando Javier me sorprendió por detrás.

¡BUU!

Lancé mi almuerzo al aire.

Todos volvieron a reírse. Luego TODOS empezaron a decir que yo había <u>creído</u> ver un fantasma.

Todos creen que soy una cabeza de ardilla. TENGO que probar que no me inventé el fantasma.

Estoy tan contenta de que esta noche de escuela haya terminado. Ahora Lucía y yo vamos a buscar al fantasma. ¡Acabamos de ponernos un genial atuendo de cazadoras de fantasmas. ¡Mira!

Estamos listas. Te contaré cómo nos va. ¡Deséanos buena suerte, Diario!

♥ A cazar el fantasma ♥

Viernes

Ayer, Lucía y yo volamos al Viejo Roble. Nos sentamos allí y esperamos.

Y esperamos.

Y merendamos.

Y esperamos un poco más.

De repente, el abuelo Lechardo voló por ahí. Está construyendo unas elegantes casas de árbol para lechuzas.

Lucía y yo hablamos del día en que me quedaría a dormir en su casa.

Esperamos un poco más. Entonces, Lucía dijo algo sorprendente.

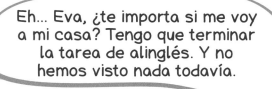

Eh... Eva, ¿te importa si me voy a mi casa? Tengo que terminar la tarea de alinglés. Y no hemos visto nada todavía.

Ya no me crees, ¿verdad?

¡Claro que sí!

¿De veras?

Pues, creo que tú <u>piensas</u> que viste algo.

No <u>creo</u> que vi algo. De VERDAD lo vi.

Lo sé. ¡Que no se te ericen las alas, por favor! De veras tengo que hacer la tarea. Mira, ten la cámara por si... quiero decir, para <u>cuando</u> veas algo. Hasta mañana, ¿está bien?

¿Por qué se fue? Ahora NADIE me cree. ¡Ni siquiera mi mejor amiga! ¡Espero que <u>tú</u> todavía me creas, Diario!

Después de que Lucía se fue, esperé un poco más. Estuve sentada en el Viejo Roble casi hasta el amanecer. Me dio sueño.

ENTONCES...

¡El fantasma blanco me pasó por el lado! ¡Y soltó un fuerte <u>buu</u>! (Bueno, tal vez fue un <u>muu</u>. Es difícil decir cuál. ¡Pero definitivamente oí algo como <u>uuuu</u>!).

¡Sentí MUCHO miedo, Diario! Y mis alas temblaban TANTO que casi no podía sostener la cámara de Lucía.

¡CLIC!

La foto salió borrosa. ¡Pero por lo menos tenía una PRUEBA de que el fantasma era real!

Nunca había estado tan asustada como anoche, Diario. ¡No sé cómo pude <u>dormir</u>!

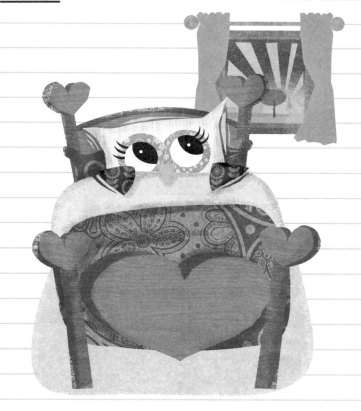

Voy a llevar esta foto a la escuela esta noche. ¡Les mostraré a todos que <u>estoy</u> diciendo la verdad!

♥ ¡Escuela espantosa! ♥

Sábado

Anoche, llevé la foto del fantasma a la escuela.

Primaria Enramada

Muy pronto llegó la hora de Mostrar y Contar.

¿Quién quiere mostrar y contar primero?

Volé hasta el frente del salón.

¡Tengo algo que mostrar!

¿Qué es?

¡Es la foto de un fantasma! ¡Lo <u>volví</u> a ver!

No parece un fantasma.

¡Es un fantasma!

Oye, si Eva dice que es una foto de un fantasma, eso es lo que es. ¡Ella no inventa cosas!

¡Gracias, Lucía!

Les mostré la foto de nuevo. Pero todos se rieron.

Volé de vuelta a mi silla.

La Srta. Plumita les pidió a todos que se callaran y me abrazó.

Tu foto está borrosa, Eva.
Es difícil ver de qué es la foto.
¡Pero me encanta que tengas
tanta imaginación! ¡Y eso me ha
dado una idea!

Vamos a contar nuestros
mejores cuentos de miedo.
¡Y quien cuente el cuento
más terrorífico puede
tocar la campana!

A todos nos gusta tocar la campana. Así que todos queríamos contar un cuento de miedo.

Jorge contó un cuento de ardillas zombi.

María contó uno de arañas gigantes.

Y Lily estaba contando un cuento de dragones que arrojan fuego cuando...

¡BAM!

¡Hubo un ruido FUERTE en el techo!

Todos hicimos silencio. Nuestros picos estaban abiertos. Nuestras alas temblaban. Hasta nuestra maestra se veía asustada.

¡BAM!

¡Otra vez el ruido! ¡Había algo GRANDE en el techo!

Corrí a la ventana y la abrí. Saqué el pico y traté de mirar hacia arriba. Todos me rodearon.

Vimos dos fantasmas blancos volando muy arriba.

Eva, ¡estabas di-di-diciendo la verdad!

¿Hay DOS fantasmas?

¡No se ven bien! ¡Vuelan muy rápido!

Todos comenzaron a disculparse.
Después, Lucía me haló el ala.

Eva, siento haber dudado de lo que decías.

Está bien. ¡Creo que yo tampoco te habría creído!

¡Estoy muy contenta de que Lucía me haya vuelto a creer!

La Srta. Plumita regresó. Dijo que no había nada de qué preocuparse.

Todos nos miramos, pero nadie dijo nada. ¿Nos creería si le contáramos que habíamos visto los fantasmas?

Estábamos callados. Entonces,
Susana alzó el ala.

Eh, Srta. Plumita, creemos que Eva
debería tocar la campana. ¡Su cuento de
fantasmas fue el que más susto nos dio!

¡No podía creerlo! ¡Susana dijo que <u>yo</u>
debería tocar la campana! Le sonreí. ¡Y
toqué la campana tan fuerte como pude!

¡Ding-a-ding-a-ding!

Durante el almuerzo, hicimos un plan.

¿Por qué no hacemos una Cacería de Fantasmas mañana?

¡Sí! ¡Atrapemos a los fantasmas!

¡Necesitaremos algo para atraparlos!

¡Hagamos armas cazafantasmas después de clases!

Diario, la buena noticia es: ahora todos me creen. Pero la mala noticia es: ¡Arbolópolis está encantada!

¡Ay, no! ¡Tengo que irme! ¡Casi es hora de ir a cazar fantasmas!

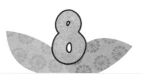

♡ El Equipo Cazafantasmas ♡

Domingo

Ayer, todos fuimos a la Cacería de Fantasmas de la Primaria Enramada. Llevamos nuestras armas al Viejo Roble.

María y Zacarías llevaron una gran red para atrapar fantasmas.

Jorge y Lily llevaron una gran honda para tirar globos de agua.

Zara y Carlos llevaron binoculares para mirar a lo lejos.

Jacobo y Susana llevaron una manta para escondernos.

Y Lucía y yo llevamos disfraces de cazadores de fantasmas para todos.

¡Estábamos listos!

Carlos y Zara volaron a la copa del árbol. Los demás esperamos bajo la manta.

De repente, Zara vio algo.

¡Rápido! ¡Uno de los fantasmas viene hacia acá!

Jorge cargó la honda. Lily la estiró hacia atrás.

¡AL ATAQUE!

El gran fantasma blanco nos pasó por al lado. ¡PLAS! Lily y Jorge fallaron.

La bestia voló hacia nosotros de nuevo.

¡SUISS!

María y Zacarías lanzaron la red. ¡Cayó justo encima del fantasma!

¡Lo atrapamos!

Todos los demás estaban escondidos bajo la manta. Así que yo fui la única que vio bien al fantasma. Pero era demasiado tarde.

¡Diario, fue **ULUHORRIBLE**!

Volé hacia la red.

Los otros mochuelos tenían tanto miedo que no querían salir de debajo de la manta. Qué miedosos.

Pero Lucía sí lo hizo. Me ayudó a quitar la red.

El fantasma no era un fantasma...

¡Era una lechuza grande y blanca como la nieve!

¿Por qué hicieron eso?

¡Lo siento!

Pensamos que eras un fantasma.

¿Un fantasma? ¡No soy un fantasma! ¡Soy una lechuza blanca!

Entonces, otras cuatro lechuzas blancas bajaron de los árboles. Aterrizaron a nuestro lado.

¡Papá, ellos creían que éramos fantasmas!

La lechuza que habíamos atrapado comenzó a reír. Se rió tan fuerte que se agarró la barriga.

Mis otros compañeros tenían más preguntas.

Nuestros compañeros se presentaron.

Luego, la familia de Clara y los otros mochuelos se fueron volando.

¡Entonces, se me ocurrió una gran idea! Se la susurré a Lucía.

70

Lucía dio un paso.

Clara, mañana Eva viene a dormir a mi casa. ¿Te gustaría venir?

¡Me encantaría!

Ahora tengo que prepararme para ir a dormir donde Lucía. ¡Ella, Clara y yo vamos a divertirnos muchísimo!

Así que, Diario, pensé que había encontrado un fantasma. Pero en realidad, encontré algo mucho mejor: una nueva amiga.

Rebecca Elliott se parecía mucho a Eva cuando era más jovencita: le encantaba hacer cosas y pasar el tiempo con sus mejores amigos. Aunque ahora es un poco mayor, nada ha cambiado... solo que sus mejores amigos son su esposo, Matthew, y sus hijos Clementine, Toby y Benjamin. Todavía le encanta crear cosas como pasteles, dibujos, historias y música. Pero por más cosas en común que tenga con Eva, Rebecca no puede volar ni hacer que su cabeza dé casi una vuelta completa. Por más que lo intente.

Rebecca es la autora de JUST BECAUSE y MR. SUPER POOPY PANTS. DIARIO DE UNA LECHUZA es su primera serie de libros por capítulos.

DIARIO DE UNA LECHUZA

¿Cuánto sabes sobre Eva ve un fantasma?

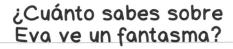

¿Cuáles son algunas de mis cosas favoritas? ¿Cuáles son algunas de mis cosas <u>menos</u> favoritas?

¿Cómo se siente Eva cuando sus compañeros no le creen? ¿Qué hace que sus compañeros piensen de manera diferente acerca del fantasma?

¿Qué cosas no muy buenas hago a lo largo de la historia? ¿De qué manera sorprendo a Eva?

Usa ejemplos del libro para describir el fantasma que Eva ve. ¡Luego escribe o haz dibujos para mostrar la verdad!

¡Haz un cuestionario para aprender más sobre tus amigos! Compártelo con ellos. ¡Luego, discutan lo que descubrieron!